Adventskalender für feinfühlige Eltern
Copyright © 2024 AS Kids Verlag/ Astrid Schneider

Alle Rechte vorbehalten.

Die Rechte des hier verwendeten Textmaterials liegen ausschließlich beim Verfasser. Eine Verbreitung oder Verwendung des Materials ist untersagt und bedarf in Ausnahmefällen der eindeutigen Zustimmung
des Verfassers.

Über die Autorin

Astrid Schneider ist Amazon-Bestseller-Autorin, Coach und Trainerin für hochsensible Kinder sowie Expertin für Selbstliebe, Beziehungen und Burnout Prävention. Mit ihren Impulsen und Strategien unterstützt sie Kinder und Erwachsene in Krisen sowie stürmischen Situationen und zeigt ihnen ihr wahres Potenzial auf.

Weit über 50 Bücher aus unterschiedlichen Genres stammen aus ihrer Feder.
Sie liebt es, Menschen mit ihren Worten zu berühren, zu verzaubern oder zu motivieren. Am liebsten schreibt sie Kinderbücher, in denen sie wertvolle Botschaften über Gefühle, Achtsamkeit, Freundschaft, Zusammenhalt und Mut positioniert.

Als Ghostwriterin schreibt sie Romane oder Biografien für Verlage und Prominente und kreiert stärkende Workbooks in ihrer Kreativschmiede.

Mit ihren Kindercamps und Retreats in Niederösterreich/Gutenstein bietet sie (hoch)sensiblen und feinfühligen Seelen auf einem Kraftplatz etwas Besonderes.

www.astridschneider.com

Liebe Eltern,

als Trainerin und Fachberaterin für feinfühlige und hochsensible Kinder weiß ich genau, dass viele Eltern oft vor besonderen Herausforderungen stehen, wenn es darum geht, Ihre sensiblen Kinder zu unterstützen und zu verstehen. Die intensiven Emotionen und die täglich überwältigenden Eindrücke, denen diese Kinder gegenüberstehen, sind für Eltern oft schwer zu lenken.

Genau aus diesem Grund ist dieses Buch entstanden – um Eltern endlich die Möglichkeit zu geben, sich selbst bewusst Zeit zu nehmen, die Bindung zu stärken und wertschätzende Momente miteinander zu erleben. Inmitten des hektischen Alltags fällt es oft schwer, Raum für Zweisamkeit und Achtsamkeit zu finden.

Dieses Buch lädt mit seinem abwechslungsreichen Inhalt ein, diese wertvolle Zeit gemeinsam zu genießen und sich als Paar wieder näherzukommen.

Adventskalender für feinfühlige Eltern:

Dieses Buch ist der perfekte Begleiter für hochsensible und feinfühlige Eltern in der Vorweihnachtszeit. Gefüllt mit liebevoll gestalteten Inhalten, lädt es dazu ein, jeden Tag bis Weihnachten bewusst zu genießen.

Freut Euch auf:
- <u>Erinnerungen festhalten:</u> Schafft bleibende Erinnerungen und haltet besondere Momente fest.
- <u>Fragen und Aufforderungen:</u> Inspirierende Fragen und liebevolle Aufforderungen, die zu gemeinsamen Aufgaben und tiefen Gesprächen anregen.
- <u>Zitate und Affirmationen:</u> Erwärmen das Herz und fördern positive Gedanken.
- **Die Stiftsymbole** ✏️✏️ zeigen an, dass beide Partner die Bereiche gemeinsam ausfüllen können. So wird das Buch zu einem gemeinsamen Erlebnis, bei dem jeder von euch seine Gedanken, Gefühle und Ideen einbringen kann.

Jeden Tag vom 1. bis zum 24. Dezember erwartet Euch ein besonderes Highlight, das darauf abzielt, gemeinsame Zeit zu verbringen und die Bindung zu stärken.

Ich wünsche Euch eine besinnliche Adventszeit.

Astrid

Türchen 1

To Do:

Macht es euch gemütlich und kuschelt. Genießt den Abend in Zweisamkeit.

Dankbarkeit: Wir sind dankbar für:

....

....

....

Eltern-Tipp:

Nehmt euch Zeit für kleine Pausen im Alltag, um Energie zu tanken.

Als sensible Eltern ist es besonders wichtig, regelmäßig Pausen in euren Alltag zu integrieren und eure Batterien wieder aufladen.

Diese kurzen Auszeiten können Wunder wirken, um Überstimulation und Stress abzubauen, und sie helfen euch dabei, euch wieder zentriert und ausgeglichen zu fühlen.

Frage:

Was ist euer Lieblingsweihnachtslied und warum?

Besonderer Moment
Welches war heute der schönste gemeinsame Moment?

Damit hast du mir heute den Tag versüßt:

Türchen 2

To Do:

Backt gemeinsam Plätzchen und verzaubert die Küche
in eine gut duftende Weihnachtsbäckerei.

Dankbarkeit: Wir sind dankbar für:

....

....

....

Eltern-Tipp:

Schafft euch einen ruhigen Rückzugsort zu Hause.
Ein persönlicher Raum, in dem ihr euch zurückziehen und entspannen könnt, ist für hochsensible Eltern unerlässlich.
Hier könnt ihr zur Ruhe kommen und neue Energie schöpfen, wann immer ihr es braucht.

Affirmation:
Unsere Sensibilität ist unsere Stärke, und sie verbindet uns tief miteinander.

Frage:
Was war euer bisher schönster gemeinsamer Moment? Reist gedanklich dort noch einmal hin.

Du hast neulich etwas getan, was mich stolz gemacht hat?

Platz für Notizen und Gedanken:

Türchen 3

To Do:

Macht eine gemeinsame Yogaübung:
- Kniet euch auf den Boden und setzt euch auf eure Fersen.
- Beugt euch nach vorne, sodass eure Stirn den Boden berührt, und streckt die Arme nach vorne aus.
- Atmet tief ein und aus, spürt die Dehnung in eurem Rücken und die Ruhe, die diese Haltung bringt.
- Haltet diese Position für 5-10 Atemzüge.

Dankbarkeit: Wir sind dankbar für:

....

....

....

Eltern-Tipp:

Erinnert euch daran, dass es in Ordnung ist, Hilfe anzunehmen. Ihr könnt nicht alles schaffen. Indem ihr Unterstützung annehmt, schafft ihr Raum für mehr Leichtigkeit und Wohlbefinden in eurem Leben und könnt eure Energie für die wirklich wichtigen Dinge nutzen.

Pflegt regelmäßige Achtsamkeitsübungen.

Durch Achtsamkeitstechniken wie Meditation oder tiefes Atmen könnt ihr lernen, im Moment zu bleiben und euren Geist zu beruhigen.
Dies hilft, Stress abzubauen und eure innere Balance zu finden.

Frage:
Welche persönliche Tradition möchtet ihr als Familie starten?

....

....

Ich bewundere dich, wie du ...

_____

_____

Affirmation:
"Wir sind ein Team, das sich gegenseitig stärkt und aufeinander aufpasst."

Platz für Notizen und Gedanken:

....

....

Türchen 4

To Do:

Besucht alleine, ohne Kids, einen Weihnachtsmarkt. Nehmt euch genügend Zeit und schlendert entspannt durch die weihnachtliche Atmosphäre.

Dankbarkeit: Wir sind dankbar für:

....

....

....

Eltern-Tipp:

Nehmt euch regelmäßig Zeit für kleine Momente der Achtsamkeit. Haltet immer wieder inne und lebt bewusst im Augenblick.

Oft reichen schon kleine Dinge, wie ein kurzer Spaziergang, ein paar Minuten tiefes Atmen oder gemütlich eine Tasse Tee genießen.

> Durch Selbstliebe wird die Seele genährt.
> — Unbekannt

Frage:

Was bedeutet Weihnachten für euch?

Ich mag es sehr, wenn du mir zuhörst, denn du:

....

....

Gutschein
Für eine entspannte Fußmassage: Wer von euch beiden darf heute eine entspannte Fußmassage erhalten? Derjenige, der dieses Buch entdeckt hat.

Platz für Notizen und Gedanken:

....

....

....

To Do

Ein abendliches Sternegucken mit einer Decke und heißem Tee. Die kleinen Dinge haben oft eine viele größere Wirkung, als wir denken.

Dankbarkeit: Wir sind dankbar für:

....

....

....

....

Eltern-Tipp:

Setzt klare Grenzen und kommuniziert sie deutlich.
Hochsensible und feinfühlige Eltern müssen oft mehr auf ihre persönlichen Grenzen achten. Kommuniziert eure Bedürfnisse klar an Familie und Freunde, um Überforderung zu vermeiden.

Frage:

Was ist euer Lieblingsweihnachtsfilm und warum?

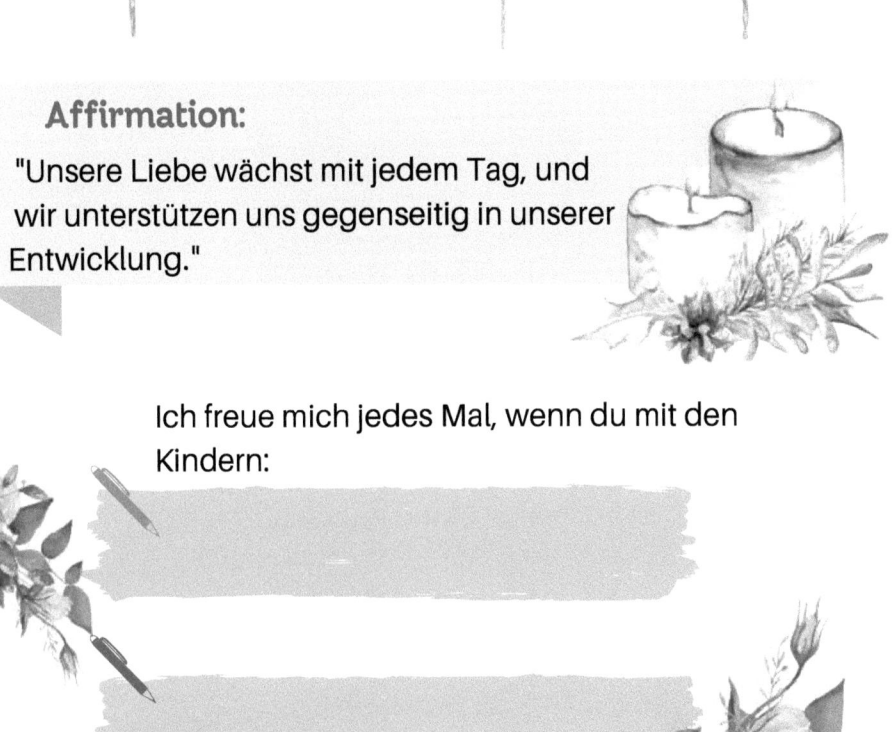

Affirmation:
"Unsere Liebe wächst mit jedem Tag, und wir unterstützen uns gegenseitig in unserer Entwicklung."

Ich freue mich jedes Mal, wenn du mit den Kindern:

Platz für Notizen und Gedanken:

....

....

....

....

Türchen 6

To Do:
Gönnt euch eine Stunde ungestörte Ruhe.

" In der Stille liegt die Kraft. "
Unbekannt

Dankbarkeit: Wir sind dankbar für:

Eltern-Tipp:

Verbringt Zeit in der Natur, um euch zu erden und zu entspannen. Zeit in der Natur zu verbringen, kann sehr beruhigend und revitalisierend sein. Ob ein Spaziergang im Park oder ein Ausflug in den Wald – nutzt die heilende Kraft der Natur.

Gutschein:

Koche dem anderen sein Lieblingsgericht. Aber derjenige kocht, der am wenigsten in der Küche ist.

Frage:

Welche Werte sind euch als Familie besonders wichtig?

Es macht mich glücklich, wenn du ...

Platz für Notizen und Gedanken:

Türchen 7

To Do:

Gemeinsam ein Weihnachtsgedicht schreiben. Werdet kreativ und habt gemeinsam eine schöne Zeit.

Dankbarkeit: Wir sind dankbar für:

....

....

....

Eltern-Tipp:

Plant regelmäßige Auszeiten nur für euch. Ein Spaziergang, ein Bad oder eine Lesezeit.

Solche Momente sind für euch sehr wertvoll, ihr könnt wieder Energie tanken und eure innere Ruhe zu bewahren.

Frage:

Was war das bescheuertste und schönste Geschenk, das ihr vom anderen erhalten habt?

Du bringst mich zum lachen, wenn du ...

Affirmation:

"Wir schätzen die kleinen Momente des Glücks und der Ruhe in unserem Alltag."

Platz für Notizen und Gedanken:

Türchen 8

To Do:
Macht einen gemeinsamen Sinnes-Spaziergang im Wald. Geht achtsam durch den Wald, schließt für ein paar Momente die Augen und hört nur hin. Was passiert im Wald, was gibt es, um euch herum zu entdecken? Nutzt eure Sinne.

Dankbarkeit: Wir sind dankbar für:

....

....

....

....

Eltern-Tipp:

Schafft Rituale, die euch als Familie verbinden und beruhigen, sei es durch regelmäßige gemeinsame Mahlzeiten, abendliche Geschichten vor dem Schlafengehen oder Wochenendausflüge in die Natur.

Frage:
Was sind eure liebsten Weihnachtsleckereien?

Affirmation:

"Unsere Beziehung ist ein sicherer Raum, in dem wir so sein können, wie wir sind."

Besonderer Moment:
Festhalten eines besonderen Moments des Tages.

Platz für Notizen und Gedanken:

....

....

....

Türchen 9

To Do:

Singt gemeinsam ein Weihnachtslied. Traut euch, singt es laut und lasst die Weihnachtsstimmung in eure vier Wände einziehen.

Dankbarkeit: Wir sind dankbar für:

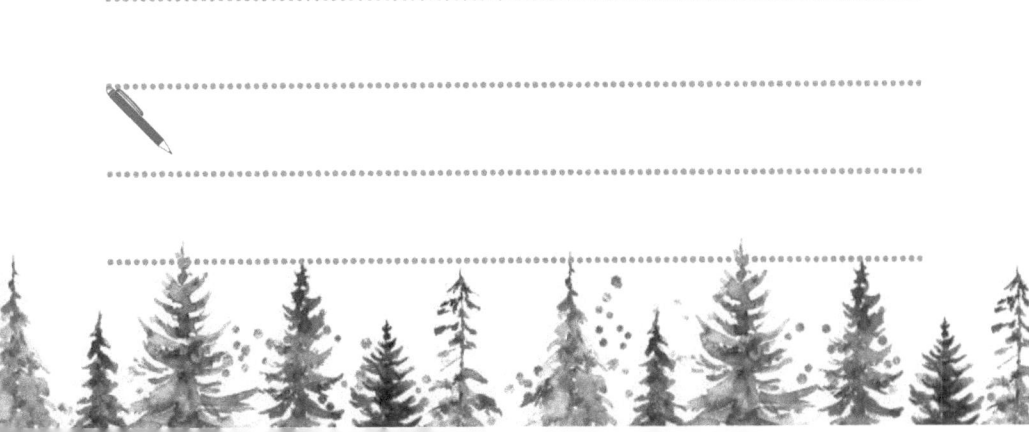

Eltern-Tipp:

Ernährt euch bewusst und gesund. Eine ausgewogene Ernährung kann einen großen Einfluss auf euer Wohlbefinden haben. Achtet darauf, Lebensmittel zu wählen, die euch Energie geben und euren Körper unterstützen. Vielleicht habt ihr sogar die Möglichkeit ein paar Dinge selbst anzubauen.

Affirmation

Wir finden gemeinsam Wege, um Stress abzubauen und uns zu entspannen.

Frage:
Welche Weihnachtsdekorationen sind euch am wichtigsten und warum?

... das hat mich von der ersten Minute an dir fasziniert.

Platz für Notizen und Gedanken:

Türchen 10

To Do:

Zusammen ein weihnachtliches Puzzle machen. Könnt ihr das überhaupt noch? Alleine puzzeln und abschalten!

Dankbarkeit: Wir sind dankbar für:

....

....

....

Eltern-Tipp:

Bewegt euch regelmäßig. Körperliche Aktivität hilft, Stress abzubauen und das Wohlbefinden zu steigern.

Findet eine Form der Bewegung, die euch Freude bereitet und integriert sie in euren Alltag.

Frage:
Was war euer schönstes Weihnachtserlebnis als Kind? Erzählt es euch gegenseitig.

Du bringst mich zum lachen, wenn du ...

Zitat:

" Jede kleine Pause ist ein Gewinn für dein Wohlbefinden. "

Unbekannt

Platz für Notizen und Gedanken:

Türchen 11

To Do:

Schreibt euch einen kurzen Liebesbrief.

Dankbarkeit: Wir sind dankbar für:

....

....

....

....

Eltern-Tipp:

Praktiziert Selbstmitgefühl.
Behandelt euch selbst mit der gleichen Freundlichkeit und Fürsorge, die ihr anderen entgegenbringt. Selbstmitgefühl hilft, negative Selbstkritik zu reduzieren und das eigene Wohlbefinden zu fördern.

Frage:
Was hat dich dieses Jahr besonders berührt?

Affirmation:

"Unsere Gefühle sind wertvoll, und wir teilen sie offen und ehrlich."

Besonderer Moment:

Festhalten eines besonderen Moments des Tages.

Platz für Notizen und Gedanken:

Türchen 12

To Do:
Schaut euch ein paar Minuten tief in die Augen und erzählt euch im Anschluss, was ihr gefühlt habt.

Dankbarkeit: Wir sind dankbar für:

Eltern-Tipp:

Nutzt kreative Ausdrucksformen. Kreative Aktivitäten wie Malen, Schreiben oder Musizieren können eine wunderbare Möglichkeit sein, Emotionen auszudrücken und Stress abzubauen.

Zitat

" Eltern halten die Hände ihrer Kinder für eine Weile, aber ihre Herzen für immer. "

Unbekannt

Frage:

Welches Outfit deines Partners ist das schrecklichste und welches das lustigste?

....
....

Gutschein:

Zaubere deinem Partner, der die meiste Zeit mit den Kids verbringt, einen super leckeren Smoothie aus seinen Lieblingszutaten.

Platz für Notizen und Gedanken:

....
....
....

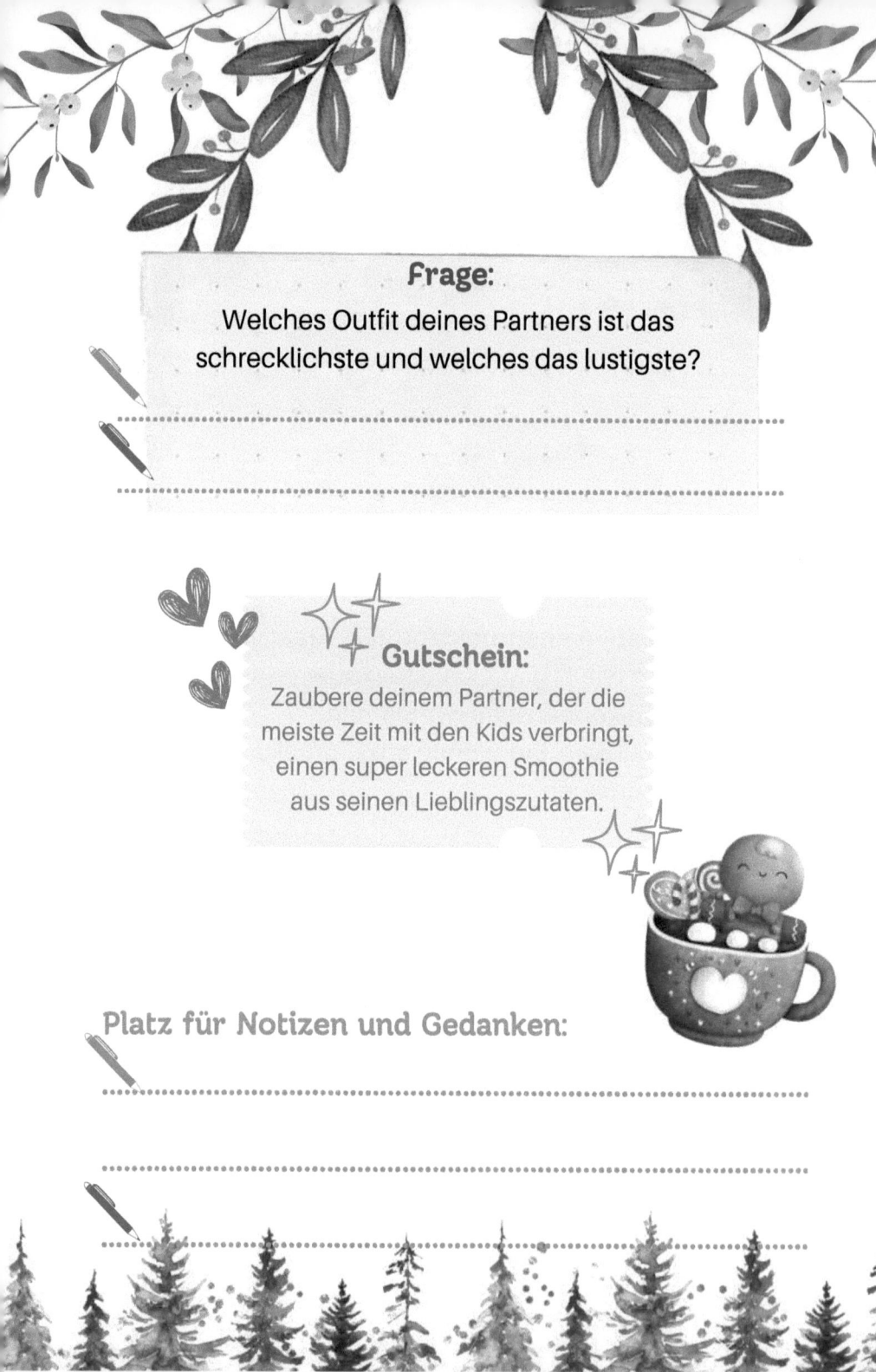

Türchen 13

To Do:

Habt einen gemütlichen Filmabend mit den tollsten Weihnachtsfilmen: Plant diesen Abend gemeinsam, sodass jeder auf seine Filmkosten kommt. Macht es euch gemütlich bei Kerzenlicht und mit Kakao, Popcorn, oder was ihr sonst so liebt.

Dankbarkeit: Wir sind dankbar für:

....

....

....

Eltern-Tipp:

Gefühls-Journal führen: Legt ein gemeinsames Journal an, in dem ihr täglich eure Gefühle und Gedanken festhaltet. Jeder kann in seiner eigenen Farbe schreiben und reflektieren, was ihn bewegt hat. Dieses Ritual fördert nicht nur das Verständnis füreinander, sondern hilft auch, die eigenen Emotionen besser zu erkennen und zu verarbeiten.

Affirmation:

Wir nehmen uns die Zeit, uns gegenseitig zuzuhören und zu verstehen.

Was war dein größtes Learning über dich selbst dieses Jahr?

Platz für Notizen und Gedanken

Türchen 14

To Do:
Euer Weihnachtsbrief: Schreibt einen Brief an eure Lieben, in dem ihr eure Gedanken und Gefühle über das vergangene Jahr teilt und eure Wünsche für die Zukunft ausdrückt. Dies wird eine tiefe, emotionale Verbindung stärken.

Dankbarkeit: Wir sind dankbar für:

....

....

....

Eltern-Tipp:

Pflegt eure sozialen Kontakte. Auch wenn ihr Zeit für euch braucht, sind soziale Kontakte wichtig. Trefft euch regelmäßig mit Freunden oder Familie, um euch auszutauschen und Unterstützung zu erhalten.

Affirmation:

"Wir respektieren und achten unsere persönlichen Grenzen und Bedürfnisse."

Frage:

Wenn ich einen Wunsch frei hätte, würde ich mir das wünschen ...

Platz für Notizen und Gedanken:

....

....

....

....

Türchen 15

To Do:
Geht hinaus und habt Spaß bei einer Schneeballschlacht.

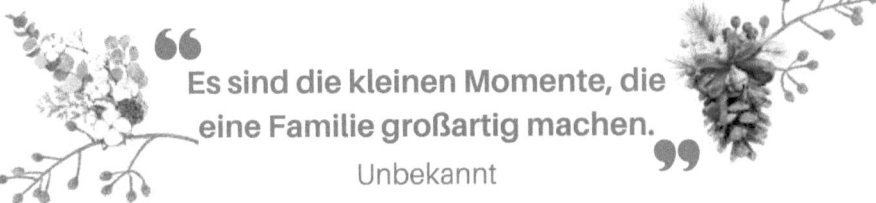

> Es sind die kleinen Momente, die eine Familie großartig machen.
>
> Unbekannt

Dankbarkeit: Wir sind dankbar für:

Eltern-Tipp:

Reduziert überflüssige Reize. Minimiert unnötige Reize in eurem Umfeld, wie laute Geräusche oder grelles Licht. Ein ruhiges und angenehmes Umfeld kann helfen, Reizüberflutung zu vermeiden.

Frage:
Was wünscht ihr euch für euer Kind, euere Kinder?

Platz für Notizen und Gedanken:

Türchen 16

To Do:

Plant eine außergewöhnliche Weihnachtsüberraschung für eure Kinder. Eine, die sie so schnell nicht wieder vergessen werden.

Dankbarkeit: Wir sind dankbar für:

....

....

....

Eltern-Tipp:

Erlaubt euch, "Nein" zu sagen.
Es ist in Ordnung, Angebote abzulehnen, die euch überfordern würden. "Nein" zu sagen, ist wichtig, um eure Grenzen zu wahren und eure Energie zu schützen.

Zitat

„ Familie ist, wo Leben beginnt und Liebe niemals endet. "

Unbekannt

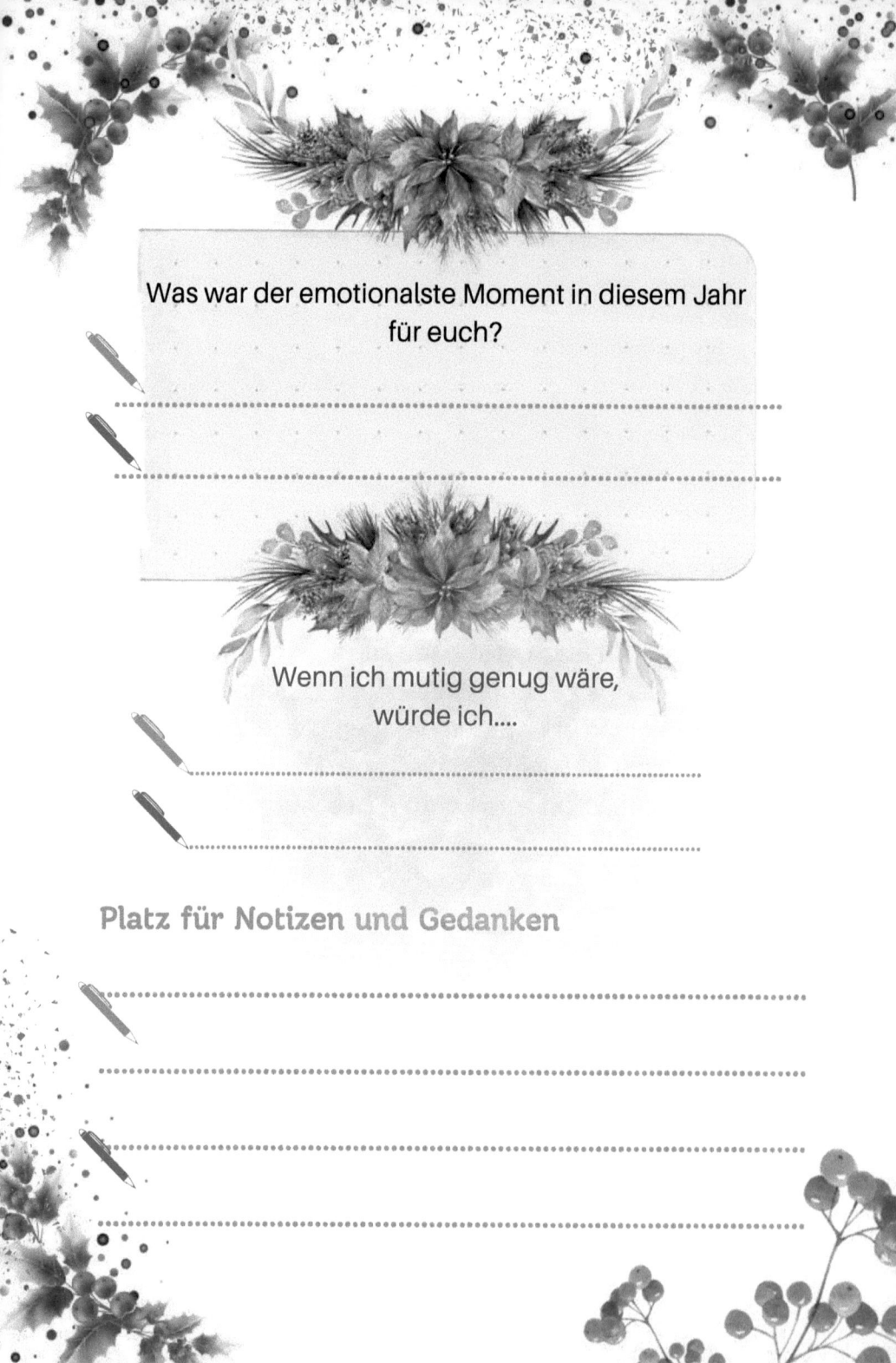

Was war der emotionalste Moment in diesem Jahr für euch?

Wenn ich mutig genug wäre, würde ich....

Platz für Notizen und Gedanken

Türchen 17

To Do:
Drückt den Pauseknopf und macht es euch gemütlich. Kuschelt und redet über eure Beziehung. Was schätzt ihr besonders an eurer Beziehung?

Dankbarkeit: Wir sind dankbar für:

....

....

....

Eltern-Tipp:

Setzt euch realistische Ziele. Seid realistisch in euren Erwartungen an euch selbst. Setzt kleine, erreichbare Ziele, um Überforderung zu vermeiden und positive Erfolge zu erleben.

> **Zitat:**
> Kinder sind das lebendige Dankeschön des Lebens.
> Peter Hohl

Frage

In schwierigen Zeiten hilft es mir besonders, wenn du...

Platz für Notizen und Gedanken:

Türchen 18

To Do:
Sucht euch einen Barfußpark, genießt die wohltuende Massage an euren Füßen.

> Kinder sind nicht nur eine Freude. Sie sind unsere größte Verantwortung.
> Sir Elton John

Dankbarkeit: Wir sind dankbar für:

....

....

....

....

Eltern-Tipp:

Übt positive Selbstgespräche.
Achtet auf eure innere Stimme und übt positive Selbstgespräche. Dies stärkt euer Selbstbewusstsein und fördert eine positive Einstellung.

Frage:
Wenn ich mit dir zusammen bin, fühle ich mich ...

Gutschein:
Knutsch. Knutsch! Verwöhnt euch gegenseitig mit Küssen.

Platz für Notizen und Gedanken:

Türchen 19

To Do:

Ein gemeinsamer Traum oder ein Ziel, das wir beide haben, ist... Redet darüber, und zwar ganz detailliert, lasst es in Gedanken schon Realität sein. Wie fühlt es sich an? Erzählt es dem anderen.

Dankbarkeit: Wir sind dankbar für:

....

....

....

Eltern-Tipp:

Schafft euch tägliche Entspannungsrituale. Tägliche Rituale wie eine Tasse Tee am Abend oder ein warmes Bad können helfen, den Tag entspannt abzuschließen und besser zu schlafen.

Zitat

"Das Band, das deine wahre Familie vereint, ist nicht eines von Blut, sondern von Respekt und Freude im Leben des anderen."

Richard Bach

Wenn ich an unsere gemeinsame Zeit zurückdenke, erinnere ich mich besonders gerne an ...

Platz für Notizen und Gedanken:

Türchen 20

To Do:
Nennt 5 Eigenschaft eures Partners, die ihr bewundert.

Dankbarkeit: Wir sind dankbar für:

....
....
....
....

Eltern-Tipp:

Vermeidet übermäßigen Medienkonsum. Reduziert die Zeit, die ihr vor Bildschirmen verbringt, um Reizüberflutung zu vermeiden. Wählt bewusst aus, welche Medien ihr konsumiert, und gönnt euch regelmäßige medienfreie Zeiten.

Frage:
Was wünschst du dir, wenn du 85 Jahre bist?

Zitat:

"Ein Zuhause ohne Liebe ist nur ein Haus."

Unbekannt

Frage

Als ich dich das erste Mal sah, wusste ich sofort ...

Platz für Notizen und Gedanken:

Türchen 21

To Do

Führt einen „Nein"-Tag ein: Als feinfühlige, (hoch)sensible Eltern könnt ihr an einem festgelegten Tag in der Woche bewusst „Nein" zu Verpflichtungen und überflüssigen Aufgaben sagen. Verbringt stattdessen Zeit miteinander, in Ruhe und ohne Ablenkungen, um eure Energie aufzuladen und euch auf das wirklich wichtige zu konzentrieren.

Dankbarkeit: Wir sind dankbar für:

....

....

....

....

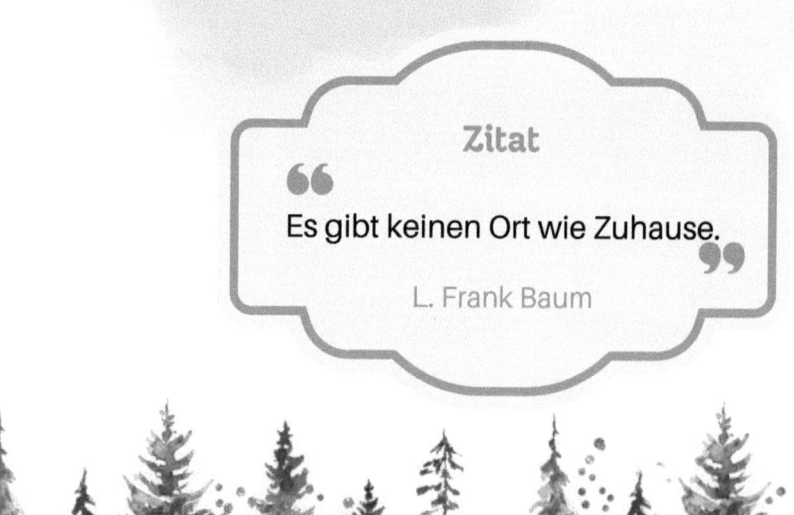

Eltern-Tipp:

Nehmt euch Zeit für Hobbys. Hobbys und Interessen können eine wunderbare Möglichkeit sein, abzuschalten und Freude zu erleben. Nehmt euch regelmäßig Zeit für Aktivitäten, die euch glücklich machen.

Zitat

„Es gibt keinen Ort wie Zuhause."

L. Frank Baum

Frage:

Was war euer Highlight als Kind an Weihnachten?

....

....

Platz für Notizen und Gedanken:

....

....

....

....

Türchen 21

To Do:

Verwöhnt euch mit einer Aromatherapie. Verwendet ätherische Öle, um eine beruhigende Atmosphäre zu schaffen. Tipp: Düfte wie Bergamotte, Kamille oder Lavendel können helfen, Stress abzubauen und das Wohlbefinden zu steigern.

Dankbarkeit: Wir sind dankbar für:

....

....

Eltern-Tipp:

Teilt eure Gefühle offen. Sprecht offen über eure Gefühle und Bedürfnisse mit eurem Partner und eurer Familie. Kommunikation ist der Schlüssel, um Missverständnisse zu vermeiden und Unterstützung zu erhalten.

Zitat

„ Die Familie ist die Heimat des Herzens. "

Giuseppe Mazzini

Wenn ihr die Zeit zurückdrehen könntet auf das Alter 16. Was würdet ihr anders machen?

Platz für Notizen und Gedanken:

Türchen 23

To Do:

Veranstaltet eine Kissenschlacht. Habt Spaß und seid mal wieder ausgelassen, wie ein kleines Kind. Zusätzlich wird es euch helfen, Stress abzubauen und gemeinsam zu lachen.

Dankbarkeit: Wir sind dankbar für:

Eltern-Tipp:

Seid geduldig mit euch selbst. Seid geduldig und nachsichtig mit euch selbst, besonders an stressigen Tagen. Erinnert euch daran, dass es in Ordnung ist, Pausen zu machen und für euch zu sorgen.

Zitat:
❝ Die Familie ist der Anker in stürmischen Zeiten. ❞

Unbekannt

Frage
Was sind für euch wichtige Dinge, die ihr eurem Kind/Kinder mitgeben möchtet?

Platz für Notizen und Gedanken:

Türchen 24

To Do:
Gemeinsames Weihnachtsfrühstück vorbereiten und genießen, ohne Stress, mit schöner weihnachtlicher Musik und im Pyjama.

Dankbarkeit: Wir sind dankbar für:

....

....

....

....

Eltern-Tipp:

Sorgt für ausreichend Schlaf. Schlaf ist für feinfühlige, (hoch)sensible Menschen besonders wichtig. Achtet darauf, genug Ruhe zu bekommen und schafft eine entspannende Schlafumgebung.

Zitat

„ Die besten Geschenke kommen von Herzen und sind unbezahlbar. "

Unbekannt

Frage:

Was möchtet ihr im neuen Jahr gemeinsam erleben?

Besonderer Moment:

Festhalten eines besonderen Moments des Tages.

Platz für Notizen und Gedanken:

Ausblick

Eine Seite für Vorsätze oder Pläne für das kommende Jahr – inspiriert von den positiven Erfahrungen der letzten 24 Tage.

Ausblick

Eine Seite für Vorsätze oder Pläne für das kommende Jahr – inspiriert von den positiven Erfahrungen der letzten 24 Tage.

....

....

....

....

....

....

....

....

....

....

....

....

Komm in meine Community!

Komm in meine Community! Möchtest du exklusive Einblicke in meine Welt voller inspirierender Geschichten und wertvoller Tipps für Klein und Groß erhalten?

Dann komm in meine Community und verpasse keine Informationen, Verlosungen und Retreats mehr! Es gibt immer etwas Tolles bei mir. Mal darfst du kostenlos meine Bücher Testlesen, erhältst Rabatte oder Geheimtipps aus meinen Bereichen: Welt der Bücher, Hochsensibilität, Selbstliebe, Mindset oder Beziehungen. Sei dabei und entdecke gleichzeitig auch das Potenzial in dir für ein erfülltes Leben. Ich freue mich darauf, dich in meiner Newsletter-Familie zu begrüßen!

Deine Astrid

www.astridschneider.com

Weitere Bücher von mir!

Für Kinder:

Einfach QR Code scannen und meine Bücher entdecken.

Für Erwachsene:

Hat es dir gefallen?
Dann bewerte dieses Buch.

https://www.amazon.de/ryp

Scanne mich:

★★★★★

Deine Meinung ist mir wichtig, deshalb freue ich mich, wenn du das Buch bewertest. Dazu kannst du einfach den QR Code scannen.

Feedback und Anmerkungen gerne an:
info@astridschneider.com

Impressum:
Deutschsprachige Erstausgabe 08/2024
ISBN Taschenbuch: 978-3-384-42703-8

Copyright © 2024 AS Verlag
Vertreten durch: Astrid Schneider, Längapiesting 39, 2770 Gutenstein, Österreich
www.astridschneider.com

Cover: Laura Gemmeke www.lauragemmeke.com
Illustration: Claudia Vollmer www.claudiavoller.de
Illustrationen: Canva, midjourney (alle Lizenzen vorhanden)

Alle Rechte vorbehalten.
Nachdruck, auch auszugsweise, nicht gestattet.
Das Werk, einschließlich seiner Teile, ist urheberrechtlich geschützt. Jede Verwertung ist ohne Zustimmung des Verlages und der Autorin unzulässig. Dies gilt insbesondere für die elektronische oder sonstige Vervielfältigung, Übersetzung, Verbreitung und öffentliche Zugänglichmachung.